我喜歡我自己

潘柏霖

寫詩寫小說，和其他東西。自費出版詩集《1993》、《1993》增訂版、《恐懼先生》、《1993》三版、《人工擁抱》、《恐懼先生》增訂版。啟明出版詩集《我討厭我自己》。尖端出版小說《少年粉紅》、《藍色是骨頭的顏色》、《不穿紅裙的男孩》。

有些話你要記得
就算現在
我每一句話
都會吃掉一點點你的心

我喜歡你
就算你不喜歡自己
你要知道有人很在乎你
在乎到需要
把心臟挖出來
才能休息

我曾經好想要變成你
真的，好想好想
想知道你的心情
想知道你喜歡我
我喜歡你
我們能不能一起
一直在這裡看電視
不會分離

想找到你難過的時候
可以讓你開心的咒語
沒有人能夠完全
感受別人的痛苦
但我想陪你
想和你一起找到鑰匙
打開那道門
讓你離開自己的地獄

總有一把鑰匙
能重新打開你的世界吧
趕走那些曾經你很愛很愛
但已經過期的房客
騰出一些空間
讓更多人進去

就忘記我吧
我的軀殼已經長蟲
再也無法好好抱你
就讓我走吧
切開我，流出的所有蜂蜜
放把火全都燒光吧

從今以後你要比我
還更喜歡你

嘿，我不是喜歡你
我只是想做這些事情

我要偷偷把你書櫃裡
每一本你喜歡的書
最喜歡的頁數全都撕去
再每天扮演一個角色
讓你覺得生活
都是奇蹟

我可以替你整理房間
鋪個床，等你躺上去
準備三菜一湯一飯加滿辣椒
再給你牛奶
讓你覺得
沒有我的話
怎麼可以

我提議我們
為了共同生活
到銀行開立共同帳戶
我要跟你一起努力買一棟房子
只是我會把帳號密碼
交給詐騙集團

讓他們把戶頭領空
救一個國民
你不用擔心
我還有一棟房子
你可以搬來和我一起

我提議我們
永遠都不要吵架
除非你做了
我不希望你做的事情
像是用你那個小帳
點了不是我的人愛心
我發了動態
沒有馬上回應

我只是想要照顧你
我已經知道了
你喜歡看的電影、吃的餐廳
交過幾個男友
念的學校和科系
喜歡怎樣的體位
你推特的肉帳
我手機存了連你媽
都沒看過的你

我可以好好照顧你
我知道你對於未來感到恐懼
我知道你常常憂鬱
這沒有關係
我有投資股票、被動收入
每天健身，和爸媽關係良好
我買了車
可以在你難過的時候
載你去看海
我的車椅可以整個攤平

我知道你很難過
我只是想照顧你

嘿，我好想你
你睡了嗎
我買了新的枕頭
想夢見你
我拒絕相信
你已經不想
和我一起睡醒

我燒光了那些
你不喜歡的衣服
現在你可以
帶我去買新衣
把我打扮成你喜歡的樣子
你的話這次我都會聽

我有好多需要被
原諒的地方
不要生氣了好嗎
我不會再登入你的哀居
看你和其他人傳的訊息
我不是不相信你
我只是擔心

你看，我買了熱水壺
還有幾包巧克力和保險套避孕藥
下次不會再讓你痛了
我會聽你的話
你犯錯了
我不會說是你的錯
你說不要了
我就會停

我會和你一起
討厭你討厭的人
你不用努力了
你現在這個樣子
我很尬意
我聽說你最近
在學台語

他們都說你不好
你讓我傷心
我有很多比你更好的房間可以去
他們不知道傷心不過是
我把你放在心上
我這一輩子
就是要為了你傷心

我不會傷害你，請你也不要傷害我

有沒有一本書
可以教我相信這些話語，像是
我那時候穿哪件衣服
化怎樣的妝
跟誰說話
對誰笑了
親吻或者擁抱誰
都沒有犯罪

這世界那麼多張嘴
都在咬我
還告訴我那是愛
那是關切
我應該要符合
我被規劃好的性別
我真的懷疑
我是不是我自己
悲劇的導演

是不是我說錯了話
看錯了人
出現在不該出現的地點
是不是我沒有說請
沒有在被愛的時候

馬上說聲謝謝
我當然也想說
我沒有錯
錯的是這個世界

只是我沒辦法說服自己
有人會相信
如果我沒有馬上喊痛
是我不知道擁抱
原來不應該痛
我以為說愛我的人
不會傷害我
我喊痛的話
他就會停

那個清晨我張開眼睛
他在我旁邊
笑得很溫柔
像是我喊出的話
都是我的幻覺
他沒有聽見

在那張床上
我沒有醒過來

男孩只是在玩
他們天真
沒有惡意
你只要長大
就不會被他們傷害

他們只是男孩
你要堅強
把衣服穿好
他們才不會
想要把你弄髒

當他們稱讚你
要說謝謝
不要害怕
學會接受讚美
你要愛自己
才會有人愛你

男孩只是愛你
想擁有你
有人愛你
你才能學會
怎麼愛自己

不要拒絕他們
難道你想要
讓他們傷心
如果他們難過
你難道不會覺得
是你的問題

男孩只是偶爾
會拆開玩具
看看裡面
是什麼東西
他們天性好奇
你當然也是人
他們只是
不小心忘記

男孩只是在玩
他們前程似錦
你應該原諒男孩
他們不知道
你脆弱得
那麼可惜

你沒有來看我的限時動態

好多時刻我應該
可以說是快樂了
已經能活在這種現實裡頭
明白自己並非
一無所有
我還擁有我的痛苦

卻還是想哭
有人問我怎麼了
我很想說我也不懂我
可能只是生活太難
資本主義
非異性戀的日子
很不好活
但這些他們也不會懂

我總是擔心如果不把
所有記憶虛構
有些怪物會拆開我
要我包裝販售那些記憶
好讓更多人感動
他們不會問我想不想要
把我包裝販售
讓別人佔有

我們牽過手的電影院
誤闖而拜了的廟
那一座有海怪的湖
那張第一次看你醒來的床
你還沒睡醒的側臉
我們一起做過的那一本書

我因為你而寫的
那每一本書

為了在晴天能遇見你
所燒光的那好幾面海
你看過的那一面掉漆的牆
一起重新漆上的綠色油漆

現在我出門
帶傘也沒有用了
海就在我心裡
那間房間
我知道這一輩子
都不能回去

我在沒有門的房間挖洞
想要找到光明

多不想告訴你我們的相遇只是為了分離

天氣很熱
抱我好嗎
我已經把自己
洗得很乾淨了
已經很久沒有人
看著我了

可以抱我嗎
我已經把好多把
愛人插在我身上的刀
都拔了出來
也把傷口縫好
不會再弄髒
你的衣服

再抱我一下下就好
我好想知道
是誰發明了擁抱
第一對擁抱的人
知道他們正在發明
多危險的結構嗎
現在那麼多人想要
那麼多人得不到

你一定已經
感到無聊了吧
我沒有那麼多新奇的悲傷
可以讓你享受
可是抱抱我好嗎
如果你決定
你就要走了

我已經不好奇是不是
我們的相遇
只是為了分離
也不想知道為什麼
明明我愛你
你愛我
我們會變成彼此的地獄

和你打勾勾吧
這是最後一次
我們擁抱了
約定好彼此
不用再相遇了
從此過後我們
都要成為比原本
還更想成為的我們

我害怕我們都沒學會好好和別人告別

我知道天氣很熱
我們不應該牽手了
但可以再陪我一下嗎
就坐在我旁邊
什麼都先不要說
我們等一下再走

心破洞了，現在
一定很痛吧
之後還是要慢慢
讓別人進入你的心啊
不要忘記
你笑起來很好看

你可以答應我嗎
要比現在勇敢
不要害怕受傷
不要把別人
都變成我的投影
你要看見對方
我不想要你因為愛我
再也不能愛人

我也不想因為愛你
只能把自己痊癒成
沒愛過你的模樣
我想要我們
都記得我們
才去愛下一個人

我們的愛
只是包不住我們了
這不是你的意願
也不是我的初衷
無辜的我們無能
只能各自難過

是我們
把我們分開了
壞人是你
壞人也是我
我們的故事中
好可惜只有反派
沒有英雄

有時候我很好奇
一個好人
要心碎幾次
才會壞掉
一個人的愛
要虛擲多少次
才會讓人終於
全都不要

曾經我們都願意
一絲不掛擁抱嗎
為什麼我只記得
後來我不看你
你不看我
我們把衣服
穿了好多

我真的想和你留下來
一起變老
變成樹
彼此擋雨
替路人遮住太亮的光
一起脆弱

想和你在湖上小屋
燒柴，煮飯
一起坐在沙發上看電視
什麼話也不用說
治療彼此
相遇之前
其他人在我們身上
挖出的空洞

我們沒有想過
我們的脆弱
會慢慢在湖底長大
變成一隻海怪
竟然沖毀我們
原本打算一起
前往未來的港口

我不知道怎樣的痛苦算是痛苦

我花了很多時間
懷疑自己
是不是值得
所有的傷害
也很努力
想成為比我現在
更好的模樣

但也可能是我
長錯了零件
我開始懷疑
或許是我親手
培養了惡魔
每天看著鏡子
卻沒發現
自己就是禍首

咬傷了人
說那是別人的錯
我生來就是這樣
你們才是怪物
想要被愛的時候
滿口是血還是說自己也是人
也有父母

我以為人類的規則是
我不會傷害你
你請也不要傷害我
但那麼長的時間裡
我咬你
你又咬我
什麼時候我們
才願意住口

是不是我太容易以為
自己的痛苦
不是痛苦
才會挖到沒有了
還是想挖出東西
來填補自己的空洞

還是我只看見
自己的缺孔
才一直往別人那裡挖
想塞滿我的裂縫
不知道原來他們
已經什麼東西
都被我拿走

我不過是想要被你擁抱

開始敢告訴你
我爛透了
不知道自己
想要怎樣的生活
有時候沒有緣故
忽然想哭
想笑的時候又擔心
悲傷很快
會把我吞下肚

多想問你
要不要抱抱我
摸摸我的頭
告訴我說
你很棒
你的努力
我都看懂

能不能說
你不會走
吃光我所有的痛
讓我有勇氣
把那些躲在湖邊

潮濕黏膩的觸手
全都趕走
讓我能把船
開進你的港口

可不可以就多
多多擁抱我
給我一點力氣
讓我說服自己
療傷不是閉上眼睛
不去看傷口

不再努力挖開自己
去感受疼痛
是知道有些人應該原諒
有些人沒有
是知道或許自己
真的導演了
自己的惡夢
還是試著原諒
犯了錯的我

我真的沒有辦法跟你解釋我的悲傷

我也不是真的
總是那麼難過
只有一點點想死
像是最喜歡的那件衣服
沾了血漬
就那麼一滴
一直沒有淡掉

偶爾我看見
但因為你在
我可以當作沒有看到
很少的時候你在
我還是盯著它
急著用指尖摳
努力全是徒勞

我一直挖
只怕我的髒被你看到
被你發現的話
我希望全世界
都把我取消
我當然知道
你會說你明白我
你會擁抱我更用力愛我

但你不會懂我的悲傷
我自己也不懂

我只希望你記得
因為你看見了我
有一些時刻
我很想成為比我現在
更好的模樣

也有一些時刻
擁抱你
我覺得自己已經足夠
不再懷疑我
開始喜歡生活

只是還是有幾個瞬間
我在你眼裡
看見了我
我知道我就是塊破布
讓我懷疑自己
值得一切苦痛

讓我寧願我們從沒相遇
讓我好想逃走

我害怕我會因為我的悲傷被大家鼓勵

我沒有一直想死
可是當人好難
是不是你的擁抱
挖走我裡面的什麼
讓我後來每抱一個人
我都感覺
少了一點點重量

我沒有討厭自己
只是我不喜歡
所有現在我擁有的物品
我還是可以假裝開心
說每一句你想聽的
出現在你的生日派對
和你規劃保險
買車、買房、領養小孩
我可以告訴你
我不想死
我休息一下就可以

我可以說我會
變得強壯學會健康
找到快樂的方法
終於修補靈魂的傷

我不會再回頭
看所有我犯下的錯
我要讓我的錯
終於錯過我

但為什麼只有在憤怒的時候
我才確信自己是誰
我才好像活著不怕死亡
不擔心自己一個人
我以為我是我
我原本以為
那就叫作自由

為什麼我好像總是
急著愛人
把愛人當成刀
插進我裡面
試試能感覺什麼
為什麼我好像
比較習慣活在
我的傷口裡面

你能不能告訴我
為什麼我是我

我現在很難過，但不用擔心我

我比你喜歡你
我想那應該
已經成為問題
或許再多的喜歡
也轉換不成愛
再多的愛
也填不滿你的縫隙
如果你的心很早很早就是
一碗缺角的器

你應該也曾經
那麼善良
和另一個人
在大雨撐一把小傘
兩個人都淋濕了
把那叫做愛情
現在你燒光了海
雨是灰燼

有些事情我多想告訴你
但我不能開口
像是你擁抱我
你是第一個這麼靠近
卻沒有吵醒
我湖裡那些海怪的人
你有跟我一樣的脆弱

多希望有天我們破洞的心
可以發光
那是我們的悲傷
保存期限終於到了
眼淚全都
長出翅膀

等悲傷都開花
我們或許就可以
再說說話吧
說說我們各自的日常
說說我們對於從前
種進彼此的創傷
我們是要原諒
還是不要原諒

今天我會成為比昨天更好的人

我決定從今天開始
我要找到一個人
存活的緣由
我真的打算明白
為什麼我是我
我是我的惡魔

我不要再懷疑
每一個人
擁抱我的時候
我感到的溫暖
是不是從他們身上
剽竊了什麼
我決定參加生日派對
不再把成長
當成詛咒

我會開始拍照
把所有日子
好好記牢
有些很可愛的人
我會愛他們
也會知道愛
不等於擁有

我會不再寫一些詩
說那些我要做
但我知道
我不會做的
我會真正去做

我會向所有
過往的怪物告別
我會認識我
我會開始微笑
成為自己的英雄

我只是真的從沒打算活到現在

總是有些聲音在告訴我
讓痛苦通過
擁抱黑暗
別再想殺死你的怪物
你是自己的惡魔

我不能再當鬼
抓一些人替我過活
期待他們能
讓我感覺什麼
綁繩子在他們手心
防止我被風吹走

不要繼續把自己當成軸心
我必須相信詩
相信生活
相信那些神秘的事物
讓壞事發生
明白自己或許永遠
不懂的都比懂的還多

我很想相信那些廢話
但我還是好奇
為什麼有些壞事

要發生在好人身上
為什麼是我活下來
有些人會比我努力生活
我遇過一個人
他相信愛
也相信勇氣
和那些童話故事

他比我更善良
不會很想哭
卻總是在笑
也不會一直憤怒
他會擁抱大家
不是為了被愛
是因為他有很多的愛
他能夠溫柔

我沒有真的想死
也很努力刮除
我骨頭上的爛肉
想成為更好的人
我只是從來沒有想過
我會害怕孤獨
沒有想過我會一個人留下來
我沒有逃走

關於憂鬱我無法回答你

我無法回答你
那些太過艱澀的問題
像是怎麼好起來
怎樣才算快樂
什麼時候難過才能停止

我無法告訴你，我的憂鬱
我的憂鬱是天氣晴朗
我只想到那些雨天
我沒帶傘的日子
我不用出門
我知道
但雨已經下在我心裡

聽到咖啡廳播了首歌
曾經愛過的人
曾經那麼喜歡
路人跌倒，咖啡打翻
手機訊息剛好我收到版稅
這些都讓我笑了
我快樂嗎
為什麼我還在下雨

我已經知道
一輩子，所受的傷
根本無法抵銷
壞的就是壞了
好的只能盡力保護

我知道我不應該
繼續把一切
當成笑話
應該面對生活
承認自己是個有毒的人
開始接受我並不好

我還是無法回答你
那些仍然艱澀的問題
有些問題我找了很久
答案挖到現在
還是不在這裡

有些答案
是你自己的問題

我死的時候你不要來看我

不要難過了
我只是你在谷底
待了太久太久
看見的第一個人
不是你的一切

你要停止回頭
你看得太久
會把記憶裡的怪物吵醒
牠們會咬你
你會被困在
你的回憶裡
忘記自己是誰

那些被我浪費的時間
你不要再這樣做了
和另一個人
好好把時間殺掉
你要知道悲傷是
不會停止的惡夢
但有一天你會醒來
只記得惡夢裡
有一顆蘋果
好甜好甜

我知道你是
不會忘記我的
我會永遠留在你身邊
只是你要慢慢
慢慢把我變得透明
直到你回頭
再也看不見我
只看見曾經我們一起
走過的街
看過的電影
逛過的書店

你要記得這些
其他的都可以
不用再見
我只是不希望
你把你的人生浪費

我已經沒辦法
和你一起浪費

有一部分的我
永遠都會下雨
讓我總是全身濕透
就算是很快樂的時候

感覺不到滿足
不代表沒有看見
房間裡堆滿
那些很愛我的人
送來的泰迪熊
只是熊肚子都破了
露出棉花爬滿黑蟲

覺得自己好醜
也不是眼中
只有比自己好看的人
而是我的現在
沒有抵達我的社群
我的父母
我自己
替我建構在腦海裡
應該要有的面容

很難過卻還是笑了
就說沒什麼
事情大條
只想躲好
等雨勢變小
再鑽出殼
趕在悲傷重新爬滿我的眼睛
成為我的世界之前
把在我身邊的人
一一記牢

只是有些記憶太重
我爬得太慢
雨勢就要回來
把我沖掉

你還好嗎
我已經可以
很認真，很小聲地說
我沒有很好
也不再好奇
為什麼那隻海怪
要把我吞下肚

一直以來我總是認為
我所有的悲傷
只要寫成詩
就不是我的
我可以靠虛構
來迴避我生活的痛

或許是我從來
都是依靠恐懼
來抵抗恐懼
用愛來抵抗
另外一種愛
好像不過是取了一物
說那是另外一物

你還好吧
聽到我這麼問
你應該會像以前一樣
叼了根菸，半夜騎著車
大雨也在樓下
問我要不要上來
帶我去比現在
更好的地方

我已經離你
好遠好遠了
你像是視力測驗那間紅色屋子
很熟悉很熟悉
每一次看到
都覺得自己的醜陋
有地方可以安放

我已經離自己
太近太近了
近到所有快樂都像是那間紅屋子
好熟悉好熟悉
但我知道
你已經不在這裡

我真的很努力了

我很努力了
有按時吃飯
規律運動
節制服藥
早上都有起床
沒有忘記睡覺

但快樂好難
我看著鏡子
照出來的只有我的傷口
不感覺羞恥好難
我耳邊只有我父親
說他擔心我
說他害怕有一天
我會剩下我自己生活
因為我是我
我是我的惡魔

我很努力了
寫過一些詩
我太痛了
文字是眼淚
我以為就能洗掉
我渾身的詛咒

我還是無法通過
只是我很努力了
我沒有再嘗試往自己裡面
放進那些我不需要
但別人想要的東西
我也沒有假裝
我不難過

我沒有說我不難過
我只是還沒辦法
拔出長在我裡面
所有的尖刺
我不知道我
還能做些什麼
我明明很努力了

你可不可以就說服我
抱著我跟我說
我都知道
你很努力了
你看見我了
沒有關係
發生在你身上的災難
你沒有錯

很久很久
我不能難過
我知道我一哭就不會停下來
我的悲傷會把我淹沒

一直以來我看你看我的眼神
來確定自己存在
這是錯的
但現在你不看我
我不知道我是不是我

我也想對自己溫柔
對別人誠實
相信自己是特別的
是被愛的
好好快樂好好難過
但我不喜歡我自己
我很普通
連我的傷痛
都這麼平庸

我知道的
發生的事情就是發生了
讓所有傷害進來

我要抬起胸膛停止憤怒
爬出我自己親手
打造出的地獄
我要向前走
這些我都知道
請相信我

我會向前走的
真的太痛
我會找人訴苦
我會示弱
我會哭，如果眼淚停不下來
變成湖泊
反正我會游泳

我會看見自己
看見我
看見我所有的傷口
我不會再避開那些惡魔
我知道生活很困難
也只會更加困難
但是現在
我想要喜歡生活

我希望你找到很好，但沒有比我好的人

想死的時候
你終於不用再說我愛你了
你不會知道我多想吃掉你那些痛
你不用健康了
你可以休息了

好想再看一次你笑
你笑起來比海還好看
我們的合照那麼少
像是我們不曾相遇
那張你在浴室裡抬起頭
我被你拉下水，剛好按下快門
相機差點壞了的照片
我們好開心啊
你真的曾經
因為我而開心嗎

你的開心是因為我嗎
我有阻止過你腦海的戰爭嗎
是我錯了吧
以為你愛我。以為愛
就能解決傷痛

在那裡，你會開心吧
可不可以不要比跟我在一起開心
你找到你窮極一生詢問的答案了嗎
你找到自己了嗎
我還一個人
躺在我們的雙人床上
穿你的睡衣

我知道你的選擇
跟我真的沒有關係
你選擇去的地方
只能一個人通行
你很開心了
我也很開心

只是我還是好奇
為什麼我們
從前的開心
沒有辦法剛好
剛好留住你

我需要有個跟我一模一樣的人來替我決定我的生活

究竟為什麼
沒有一個我
來替我決定
我所有的悲傷
哪些可以消費
哪些口風不漏

怎麼很快樂的時候
還是難過
明明想改變世界
更多時候只想逃跑
應該早起早睡
夜裡卻總是把手
伸下床底
和床底的海怪牽手

我會喜歡自己
開始擁抱內心的怪物
那些不是假話
只不過我可以擁抱我的黑暗
那誰來擁抱
我擁抱了那些黑暗
所長出的惡魔

是不是我真的
只想要那個臉孔
把所有我要的
都塞進裡頭
以為那是愛
不過是在製造
專屬的玩偶

還是他真的
是最好吃的糖果
才會直到現在
每一顆相似的包裝
我都急著拆開
想看看裡面
還有沒有
還剩下什麼

有彩色筆
我也畫不出像樣的彩虹
因為我習慣了
世界沒有日照
只有烏雲

吃再多維他命
我也維繫不了
人與人必然的疏離
傳再多表情符號
也表不了情緒
我戴上口罩
反而比較安心

我書一直買
真正看完的沒幾本
一直暈人
沒一艘船最後我
爬得上去
一直找人擁抱
我還是沒有
被進入得徹底

即使有棺材
我也封不住回憶
殺了再多隻海怪
湖裡還是
會冒出更多
我無法逃離

我多想放棄
自己的生活
把自己丟進那座湖裡頭
我以為那就是自由
但是牠說
想要放棄生活
我要先有生活

1. 你無法選擇自己是誰，你只能選擇怎麼面對。

2. 你本來就不特別，你不是生下來要拯救世界的。

3. 你隨時都可以開始面對你的這個人生。

4. 你不可能自己解決所有問題，有些問題太大，厭女父權歧視——
但所有改變都是一點一點開始的。

5. 注意提供你人生導航資訊的人。
沒人能夠聰明到可以指導別人的人生，你的生活是你自己的。
只有你知道應該怎樣過活。
就算他說的你很同意也不代表你應該買他出的年曆。
我也一樣。

6. 你要堅強，你才能幫助別人。

7. 想東想西是會上癮的，你會用想東想西來迴避面對現實問題。

8. 不要一直看別人做了什麼，專注自己在做的。不要和他人比較。

9. 有些難關比較難過，有些比較簡單。
停止思考什麼事情是你可以做的，專注做你能做的事情。

10. 你需要朋友。

11. 你是你自己行為的總和。

12. 你只有這個人生。

我害怕你愛我
更愛我的病
害怕你愛我
是因為你
想要拯救我
我害怕你不拯救我

被你擁抱
你拿走的
會比給我的更多
被擁抱後
所留下的傷口
裡面會住滿惡魔

我害怕你不會知道
沒有活著的慾望
和想死不同
你相信
所有的傷害
都能修復
你相信世界
你相信我

我不相信我
我知道你喜歡我
但不會太久
愛一個人
愛不了他的痛
你看見海
我看見保麗龍

不過有時候我還是
想看看那片海
去你的世界
和你過幾次
簡單的清晨

一起起床
替你做一份早餐
看晨間新聞
對路人的死感到難過
想像新家
應該要是什麼裝潢
一起抱怨政府
一起抱怨網友

多希望你記得我曾經為了你那麼想成為別人

我不會再問了
這樣的我
還會被愛嗎
有人會擁抱我嗎
如果我不在了
你會不會想我
會想我多久

我知道不該在精神
特別脆弱的時候
做任何重大決定
例如愛一個人或許下承諾
但我還是買了熨斗
想把自己燙成平整的人
那應該是錯的

不過生命太短暫了
或許我必須犯錯
我定義太多東西
那些東西定義了我
試圖討好所有人
走遍所有我不愛的風景
他們的輪廓
成為我的監獄

我要開始生活
認真交幾個朋友
努力創作，製作書籍
不想再好奇怎麼寫
才能更討你歡心
不會再問你，如果我不見了
你會想我多久
我只要知道
這些就好

我買了新的鍋子
會成為一個能自己吃飽
也能煮飯給別人吃的人
我會記得睡覺
記得我喜歡你
就算我知道
再多的愛
也無法把我們身上的傷
全都治好

我不想再變成別人了
如果我不在了
我會想我

如果是你的話我或許可以喜歡這個生活

你問我我在害怕什麼
我也不懂
我知道你喜歡我
更知道你不會
喜歡太久

沒有一顆星星
能一直燃燒
冰河總會融解
你對我的好奇
很快就會消失

再好吃的糖果
都不能一直享受
吃了一顆
很快就會沒有
你是那顆不會
融化的糖果嗎

你問我愛是什麼
我只想到
愛是需要的時候
沒有人在
愛是讓人拿走我的所有
去填他們左胸的窟窿
愛是你看見海
我看見保麗龍

我問你愛是什麼
你說愛是——
愛是我跟你說晚安
你跟我說晚安

愛是什麼，你說——
愛是我讓你看見我的海
你讓我看見那些保麗龍

允許自己不愛說話
不想一個人看電影
允許自己不喜歡
別人用過的東西
允許自己還是買了
二手玩具

允許自己不想回家
允許自己想家
允許自己想一個人走
有時候還是會寂寞，想交朋友
允許自己幾乎就快要
變成自己小時候
發誓不要變成的模樣

請你允許自己沒有辦法拯救大家
允許自己的生活
靜止很少，動亂很常
允許自己還是
不太想長大

允許自己有很多疑問
真的都沒有解答
允許自己乞求蘋果
天上卻掉下番茄
允許自己現在
這個身體，這個聲音
允許每個人
都有自己的詩

請你允許自己誠實
允許他人說謊
允許自己偶爾堅強
經常害怕
允許自己不被愛
被放棄過

允許自己去愛
允許自己受傷

我不能繼續那麼討厭自己

我終於承認
我找不到咒語
讓你一輩子都對我好奇
你現在的眼睛只看著我
是因為你只有這扇窗
剛好我站在這裡
我已經知道了這樣
也沒有關係

我必須停止
書寫腦海中那本
不存在的小說
虛構了太多敵人
讓自己永遠可恨
我不能再把憤怒
當成生存的燃料
我不想吻你
讓你嚐到煙硝

我要長大
戒掉那些太好吃
對健康無益的零食
有些人的愛
是棉花糖包了針

我放到嘴裡
怎麼珍藏
怎麼融化

我要好好把我
舌頭上的針
一根一根拔掉
你會想看看那些針嗎
它們象徵了
我為了擁抱一些人
所努力成為
我不是的模樣

你說過愛是容易爆炸
不容易保存的炸藥
如果有人真的
真的給了你，你會收好
那你會願意把那些針
小心收好嗎
那些針是我為了擁抱你
而擁抱的
我所有的地獄

我現在真的要和你解釋我的悲傷

我知道你不理解我
我也不理解我
我總是憤怒
當你不愛我
當你愛我
我的悲傷卻是鐵壁
我無法通過

我也想要成為某些藝術家
寫些能夠影響大家的字
但不被世界影響
可是我不知道
我做錯什麼
我只感覺我寫的每一個字
都是錯的
每一個字都是我
被世界影響的結果

我不知道我做錯什麼
我想活下來
很想堅強
我知道深淵就在前面
我該停下來了
但有些東西在呼喚我

某些時刻愛是繩索能拉住我
更多的是套住我脖子
我的頭快斷了
藥偶爾是利刃
能讓我掙脫繩索
可是也把我
皮膚割穿
靈魂從傷口溜走

我知道你愛我
但你不能救我
那不是你的錯
你要知道有些人的悲傷
不只是症狀
有些人是病的本身
我是自己的惡魔
你不要想救我

不要求我停下來
不要叫我努力
不要說愛我
就讓我走
你要知道我的悲傷
不是你的錯
不是我的錯

我這一生
都想徹底自由
不被任何人認識
而自由就這樣
困住了我

我看著人總是憤怒
憤怒說愛我的人
沒有被我允許
就想擁抱我
又厭惡我愛的人
沒有用我需要的力道
來擁抱我

有些人甚至不值得我的憤怒
但我在他們身上
看到那一小小塊
跟我一樣的缺孔
讓我想纏一條繩
扯斷我的頭
挖出我的眼珠餵狗

我學不會像別人
把痛苦藏進盒子

忘記盒子
有天不小心打開
以為那是別人的傷口
我怎麼硬要把手
伸進那盒子裡
去感覺一點什麼

我這一生
因為一些事故
極力把自己
虛構成故事
不要記得任何事情
不拍照不紀錄日常不斷寫作
想要忘記生活

我想用創作
來統治我的生活
我竟然忘記
創作當然會這樣變成
我的全部

我怎麼會忘記我寫下的那些書
會就這樣
變成我的墳墓

01.〈人格測驗〉

在空白處寫出一首十行詩。

空白篇幅不夠使用可自行增加紙頁書寫

請從此詩的文學性、音樂性、美學性、身體性、文學史的地位、市場接受狀況，以及書寫技術的陌生化、歧義、悖論、意象、語言實驗等方向分析此詩，並回答問題。

一、評價此詩。

二、你朋友喜歡這首詩的原因？

三、你喜歡這首詩的原因？

02.〈藝術測驗〉

請在空白處畫下自畫像，並誠實作答：

你喜歡或不喜歡這張自畫像的原因？

□ 我畫得不像我

□ 我把我畫得太好

□ 那是真正的我

03.〈苟活指南〉

你要每天一點一點殺死
自己喜歡的東西
記得做很多別人
也喜歡的事情

04.〈做自己好不自在〉

要做很多自己不喜歡的事情
才能成為喜歡自己的人

05.〈傷心〉

愛你的人
可能會讓你傷心
讓你傷心的人
不一定愛你

06.〈同居之必要〉

很多喜歡
是發現了一些
對方生活的細節
很多不喜歡也是

07.〈夢想〉

吃熱騰騰的飯菜
加了珍珠的飲料
和所愛之人一起看電視
一起睡覺
被他在深夜
緊緊擁抱直到天明

08.〈聽團〉

一個人聽團不難
難的是想起這些歌
曾經有人
和你一起喜歡

09.〈蠟燭〉
我不想再焚燒自己
讓你感覺溫暖

10.〈完美主義〉
總想把事情
一次做對
遲遲不敢開始
最後只剩自己
和自己作對

11.〈評論的困境〉
獅子養在
動物園裡

12.〈新的評論〉
動物園裡
養了人類

13.

〈道德測驗〉

神燈精靈造訪，你必須各選一個願望，否則祂會吃掉你的人生。

□□ 寫一首自己都覺得很爛的詩
稱讚朋友寫的一首你覺得很爛的詩，因為他是文學雜誌主編

□□ 寫一首自己很喜歡的詩而你喜歡的詩人全都喜歡你這首詩
馬上被認可是文壇偶像，但你的文壇偶像都討厭你

□□ 戀愛中對方愛你更多
戀愛中你愛對方更多

□□ 讀一本好看的書
提早看新的漫威電影

□□ 早睡
擁抱你的敵人

□□ 你最討厭的那個人，從這世界消失
已經死去的寵物，回來一個晚上，讓你抱牠

□□ 我討厭我自己
我喜歡我自己

幸福的人
就會很容易溫柔吧
我也好想說
我因為你的快樂
所以快樂

只是你知不知道為了
和你相遇
我燒光多少面海
我還在船上
你卻已經上岸

在他懷裡的時候
他有讓你感覺
自己被接住了嗎
他能點亮你
那沒有燈的房間嗎
他有沒有告訴你
你值得被愛

我想在你面前
總是天亮
讓你知道我真的
希望你快樂

夜裡的我是怪物
咬自己的血管
厭惡你的快樂
不是我親手操作

多想讓你看看
夜裡我的模樣
想知道這樣
你會不會心疼我

究竟是不是我吻你
吻得不夠深
沒有辦法讓你
相信自己是真實的
你才會從別人嘴中
索求更多

是不是你靈魂的洞
真的已經被那個人
剛剛好地填滿
才會現在我怎樣給你
怎樣膨脹
無孔能通

有些人我
認識了大半輩子
還是不記得
他們的名字
他們的臉
不在乎他們
想要什麼

有個人我只是
看了一眼
就覺得
和他認識了一生
我以為我童年的遺憾
是我沒有遇到他
在那個時候

那個人也只是
看了我一眼
就把我的世界偷走
從此寸草不生
生靈著火
每個擁抱我的人
都燒成粉末

是我只喜歡那副身體
那張臉孔
把我想擁有的
都塞進裡頭
我以為那是愛情
我製造了一個
又一個他的複製玩偶

我每一場戀愛
都只是他的投影
我假裝我不認識
那是我自己的惡魔

把眼睛閉起來不代表怪物已經離開

有時候我不知道
自己是不是
真的想要變好
我把心臟挖出來藏好
不願意把它
給任何人看到

把所有的情緒
都裝進一個
黑色的盒子
我偶爾打開
聽聽裡頭尖叫刺耳
難以辨識的噪音
假裝自己對那些痛苦
還很清楚

心臟在盒子中間
我每日每夜
拿著一隻筆戳
想阻止它繼續
和我身體的共謀

你說我只是
虛構了一個敵人
把這輩子受過
所有的折磨
都塞進那個
小小的盒子裡頭

我不會告訴你
或許你說的
我真的懂
讓過去過去
才有可能自由

但你可能不懂
握緊雙手所造成的疼痛
遠比鬆開時
看見自己拳頭裡面
什麼都沒有
還要能夠忍受

終於要忘記你了你幹嘛回來找我

你快樂了嗎
不愛我之後
希望你比之前自由
有段時間我以為
為了讓自己完整
我必須忘記
那些讓自己
曾經完整的人

沒有你的痛苦
大於有你的折磨
其中剩下的
我不知道那是什麼
我以為不重要
還是決定全部保留

曾不小心
把你當成繩索
以為你能救我
卻纏住我的脖子
我幾乎以為你會殺死我
我現在知道了
那是我以為愛
能夠治療我

我是真的希望
我擁抱過你
在你快要消失的時候
讓你知道
有人在乎你
有些路滿是怪物
你不用一個人走

我曾讓你不害怕
未來的虛無嗎
有一段時間
你擁抱過我
那時候我不喜歡我
你讓我暫時以為
我不是我
我不是我的惡魔

我已經知道
我就是我
我是我的惡魔
愛也沒辦法拯救我
但我還是記得
你的笑容

我還是記得
所有沒兌現的諾言
更記得每一次
我沒有勇氣靠近
你直接擁抱了我
你看見了我
沒有看見的我

幾乎已經是我的全部
那一部分的我
幾乎就已經足夠
讓我可以繼續
過只有我
只有現在
沒有我們的生活

我真的好累了

我一直在尋找
一些特別的東西
來填補我靈魂的洞
可能是我搞混了
自己想要什麼

總是覺得清醒
不是自己的決定
想找到人來愛
證明自己還沒有壞
也許這就是問題
如果我只想要
為了誰好轉

沒有一個人的痛
和我相同
從前這讓我好寂寞
我沒有想過
或許這代表
你可以是你
我可以是我

我已經不想再當那個人了
總是先看完電影結局
再看電影
發生任何好事
想著為什麼
僥倖的是我

我好累了
我不要努力了
不要繼續相信
在這世界上我們
都像是從未發生
只是路過

我要相信詩
相信生活

你怎麼樣都是被愛的

曾有人拿刀
刺穿過我
有人寒冬遞出自己的圍巾
把我擁入懷中
我曾為了好玩而愛人
愛太用力讓我想跑

不是所有我做的壞事
都只是我的錯
你犯了什麼
我犯了什麼
我們也許是彼此的禍

沒那麼想死了
不代表就是想活
是已經不想閉著眼睛
不看那些自己犯的錯
是已經知道
我活下來了
沒有被海怪吃掉
這是我的詛咒

我要學會善待他人
這樣才知道
怎麼對自己溫柔
學會愛別人
才會明白自己
對愛有什麼需求

我一直以為生活
我就是祭品
我的頭早該被砍下來了
我沒有選擇
我已逃了太久

我不知道原來
我有選擇
我永遠都有選擇

我們都有很多問題

我知道好吃的糖果
對身體不好
他嚐起來是海洋和星星
不代表應該擁抱

有時候看著鏡子
會想要變得漂亮
讀一些書
希望自己能更聰明
看到漂亮的人
還是好想被愛

可是有時候
我更想快樂
也想比以前還好
不要再哭了
眼淚會讓
我們的心乾燥

不過有時候
痛苦太久
快樂也不再快樂
悲傷也不夠悲傷
所有的感動
都無法燃燒

只是有時候我還是
好想知道
如果我是地獄
你會不會陪我
如果我不在了
你會不會來找我

已經很久了
我只是看電視
不再解釋我的痛苦
不去問那些
我已經知道答案的問題

那些要我喜歡自己的人
都已經先死掉了
請原諒我不能專心
為了避免傷心
請允許我不再關注
每一件悲傷的消息

湖裡海怪正在靠近
我調大了電視的聲音
我不想思考
我們的相遇是不是
就只是為了分離
大家辯論政治人物
論文有沒有抄襲
我滑著手機
算不清楚現在有多少
被綁架的人民

我告訴自己這沒關係
我也是人類，我可以休息
世界是隻海怪，太靠近的話
會吃掉我的心
要保護這世界之前
我要先保護我自己

有時候我好奇
我是不是惡魔
我的痛苦會不會
是我自己的問題
我會不會就是問題

有時候我害怕
你會告訴我
我不是惡魔
你會擁抱我
告訴我我的痛苦不算是
我自己的決定
但我還是成為了
別人的困境

我們不用擁抱了
我就在你旁邊
牽你的手
所有的傷害
都不會離開
但我也不會走

你很累吧
要記得早點睡覺
要吃飽
很累的時候馬上逃跑
但記得要回頭

要記得可以
想要改變世界
就算你連早起
常常都做不到
記得所有的喜歡
都不持久
但仍然美好

記得所有的壞事
發生過了
就是已經
發生過了
那是他們的錯
但只有你自己
可以決定要不要
變成惡魔

如果真的變成惡魔
那就擁抱你好了
就算你的角
刺破了我的頭
乾脆就把我的心
挖出來，切開看看吧

如果這樣你才真的
真的能知道
我在想什麼
知道我只想你
知道你是我的惡魔

有些人只想待在
自己的房間
他不需要別人
進入他的世界

有些人挖開
裡面什麼都沒有
他們只想分心
靈魂全是孔洞
灌進再多愛
也只是流走

有些人不需要愛
他們曾經
被一些人太用力愛過
愛到現在
他們怎樣被愛
怎樣不夠

也有些人
只能靠愛存活

有些人把傷害
當成愛
因為能感覺到痛
就好像是活著
活著就像被愛
比較多人傷害別人
發現他們沒有離開
以為那就是愛

有些人以為正常
就是幸福
他們害怕怪物
把所有的黑暗
全都驅逐

有些人像我
活到現在
只知道自己
不知道什麼
但想擁抱黑暗
把門打開
不再那麼想要
把怪物趕走

我喜歡假裝自己擁有很多情緒
我喜歡表現在乎
我喜歡在你難過的時候說沒關係我在這裡
我喜歡在別人想死的時候告訴他你是被愛的
我喜歡讓他們以為我在乎
我喜歡說我考試都沒準備
我喜歡說我自己醜。因為我真的醜，但還是有人會說沒有
我喜歡說還好，但其實我的意思是你不夠好
我喜歡跟你說我們再約，意思是我不想跟你再見
我喜歡大家按我讚，但我說我不喜歡
我喜歡吃健康的食物，雞排除外
我喜歡看負評，因為他們的言論比我對自己溫柔
我喜歡睡覺只是晚上總是睡不著
我喜歡自己聰明，我討厭大家比我笨
我喜歡說那些我喜歡但我其實不喜歡的事情

我喜歡假裝明天還有值得在乎的事情
像是炸雞，我喜歡炸雞
我喜歡暴雨過後的空氣
我喜歡有帶傘的時候才下雨
太陽不大，可以奔跑的操場
還有那些流汗的籃球男孩
我喜歡路上高中生搭肩走回家的模樣
他們還不知道未來是亡徒

他們還沒有抵達虛無
他們以為自己擁有未來
我喜歡看路人剛買到鹹酥雞的笑臉
我喜歡看他們偷聞袋子裡的香氣
那笑容好溫暖
應該是我沒感覺過的那種溫暖
我喜歡待在人滿為患的屋子裡
每個我不認識的人來來往往
讓我可以短暫忘記我自己就是間人滿為患的鬼屋
我裡面埋葬了太多已經離開的人

我喜歡有時候
很有時候
偶爾鏡子裡自己的臉
我喜歡我喜歡你的時候
我相信未來
我會想和你一起去看海
但比起喜歡你，我想我更喜歡自己的腦袋
我知道自己聰明
我喜歡我自己的作品
我喜歡我知道自己在做什麼
我喜歡我擅長做一些其實很痛苦
或許別人做不到的事情
我喜歡寫小說

我喜歡看小說的時候先翻到最後面看看故事的結局
我想知道我接下來要走去哪裡
我喜歡看書的後記，後記很重要，不能跳過
我喜歡看作者說自己寫這些文字背後的歷史
但我不喜歡看得太多
我喜歡這個世界，但我恨死了這裡

我喜歡出版業
就算我知道其實我們都只是在販售自己的痛苦
讓比較優越的人感覺良好
讓優越的人看著別人的痛苦
感覺他們優越
我知道我們都像是主題樂園、觀光景點
我不知道怎麼解決這些問題
但我還是喜歡書籍喜歡文字
喜歡無中生有的世界
有些神祕的東西就在裡面
你憑空拼湊，自己製造出的文字
成為一片拯救你的浮板
是拯救先出現，還是文學先出現？
我想不到哪裡有比這更美好的了
我想不到如果沒有文學
我會是誰

我喜歡我周遭的朋友
那些即使我的破損尖銳也還在我身邊的人
雖然很少很少
其實我沒有朋友。
我喜歡那些每一次見面都像是搭乘時光機的對象
我們回到剛認識的狀態
所有那些我以為已經不在的情緒原來還是出現
我喜歡我不小心保留了一些很好的人
我喜歡他們沒有離開

其實我可以說是喜歡我現在的時間
我有一個很小的房間，甚至沒有衣櫃
電腦能夠打字
床墊很適合我
我總是醒來在別人已經上班的時間
我喝很多的水，盡量每天運動
我喜歡運動，運動可以讓我暫時不用思考
我其實什麼都沒有
我喜歡規律的日子
那讓我能夠創作
我喜歡創作
那讓我不會想搞砸自己
讓我覺得我可以繼續在乎這世界

我甚至喜歡，我知道這不對
我甚至已經可以喜歡你對我的傷害
那曾經讓我以為就是愛
那不好
但我有過那麼一些時候
在幾乎無以為繼
只想徹底消失的時期
當我待在那個很黑暗
很黑暗，太暗了我根本找不到門的房間
你敲開了們，告訴我，你在這裡
你咬了我，不讓我咬你，你說那就是愛了
你讓我相信那就是愛
那讓我溫暖
有那麼片刻，我還沒發現那是毀滅
你讓我相信自己值得被愛，我竟然活到現在沒有你的日子了
蠟燭熄了，所有的夢都回到身體
我是真的喜歡過你
可惜我已經死過一次了

某些時刻我感覺
自己聰明
一切都會更好
有些愛是蜂蜜
填滿我靈魂的洞
但很快那些內餡
黏滿蒼蠅
生靈著火
我體內自焚
什麼都沒有

每一口蜜
都感覺是最後一口
我口乾舌燥
在沙漠上爬行
我想要脫皮
換一副更好看的皮囊
挖開仙人掌
以為有蜜
卻飛出毒蟲

我想變好
我做不到
我不知道
我是不是真的想要變好
都被說我所有的悲傷
只是自找的
或許他們是對的
或許是我建造了
我的惡夢

我想擁抱你
我做不到
我的身體是座鬼屋
它還記得
生存的痛
它插滿了愛人留下的刀

我想把自己取消
我做不到
我的身體是座鬼屋
它沒有忘記
自己曾經真的
真的被人擁抱

欸，你很常哭吧
要知道大哭
不見得只是悲傷
憂鬱不只是
哭泣的模樣
常常微笑
也不代表善良

有時候存活
要依靠陌生人的善意
有時候你要
長出利牙
我們可能都不會知道
一個人是怎麼決定
要活下來的
怎麼在可以離開的時候
沒有離開

也許傷害是會變形的惡魔
會換上不同的臉
回到我們的生活
也許傷害是不會停止的
每個人最後都穿上
自己的傷口

只是想告訴你
或許你沒有
其他人想像得那麼好
也不代表
你有自己想像得那麼糟

你不過就是一個人
你不過就只擁有這個生活

1. 找到生活感，你需要一個生活定錨點。
（舉例：每天運動）

2. 看到網路發文感到憤怒，冷靜一天，再看要不要轉文罵。

3. 放棄那些你不需要但很好吃的糖果。
（舉例：好幾年前劈腿你的那個人）

4. 做一個決定，對那個決定負責。
不要怪別人沒有阻止你做那個決定。

5. 把房間整理乾淨。把房間整理乾淨。把房間整理乾淨。

6. 紀錄你的情緒，分析那些情緒發生的原因。
（舉例：發現有人批評自己寫分行散文不是詩
回頭檢視自己憤怒的原因，分析對方說的話究竟合理與否
以及自己是否有與其相關的未解開創傷毛線團）

7. 認真做一件事情。做完之後再來嘲笑自己認真的樣子有多丟臉。

8. 晚上不要不睡覺。夜晚的時候回憶裡面充滿惡魔。早上記得起床。

9. 承認自己的無知。

10. 相信生活，不要相信便宜的報復。

11. 喜歡一個人，一個東西，一件事情的時候，要說喜歡。

12. 記住那些喜歡。

現在有人問「你還好嗎」我都說沒有很好

我已經不害怕
在都是人的地方
感到寂寞
也不害怕對你說
我沒有很好

曾多麼想用一根針
抽出我所有痛楚
可惜我再難過
還是不願意
讓難過是我的全部

多可惜有些路
只能我一個人走
我不能期待
有人會一直陪我
但還是好想要有人
什麼話都不要說
就只是抱抱我

抱抱我好嗎
我已經在抵抗
對自己的恨意了
想毀滅的東西這麼多
我無法生活

我已經成為小時候
最痛恨的那種大人了嗎
開始相信生活
不相信那些
太便宜的報復

好想再次相信那些事情
手指著月亮
耳朵就會被割傷
貝殼裡藏了整座海洋
只要說了再見
就不會分開

就這樣吧
不要再努力了
你已經做了很多
你已經盡力
豢養你回憶裡的海怪
偶爾還跳進湖裡
和牠們游泳

就來躺著吧
讓時間經過
在應該努力的時刻
努力什麼也不做
你已經很健康了
能夠在愛人的時候
不拆穿他的謊
憤怒的時候
不質疑自己的傷

不要討厭自己了
討厭自己
是別人的問題
就更愛自己吧
你很好了
你以為你需要他們
才會是完整的
但你不需要完整
你需要你

你要比你現在
還要愛你
因為你是你
沒有其他人
還會愛你

你要比你愛他
還更愛你
因為你是你
你值得擁有
所有的星星

有些話我已經
可以說給自己聽

從今天開始在海邊
我看見保麗龍
也要看見海
不再只把壞事
織進腦中

就算我已經不是
體育課分組裡總是落單的小孩
我學會堅強
也不用一個人
面對自己的惡魔
遇到困難
我會請求協助

還是會悲傷的吧
想起那些住在心裡
沒繳房租的人
就趕他們走吧
我不要再因為那些
偷走我蜂蜜的人哀愁
不要再淪為自己
痛苦的觀眾

我要對待這個世界
比世界對我溫柔
好好感受生活
不要急著快樂
不要急著難過

□ 後記一：沒有門的房間

《我喜歡我自己》是我第八本詩集。如果說第六本詩集《人工擁抱》是參加派對到幾乎應該結束回家的凌晨一點，大家正嗨打算去別的地方續攤，那《我喜歡我自己》就是凌晨五點你應該要跟著去續攤但你沒有離開派對，已經太遲了你蜷縮在陌生人的浴缸裡面把門鎖上不敢發出任何聲音酒醒了藥也被排出體內你知道自己是被留下來的那個人不對你知道是你自願離開任何人然後他們一個接著一個都回到派對喊你的名字要送你回家你躲得更用力用盡全力不讓自己發出聲音。

這本詩集收錄了我從 2020 年初開始製作《人工擁抱》詩集後所寫至今的詩。按照慣例所收錄的應是五十一首詩，內容是我以一個「恐怖情人的情人」視角所寫的作品。故事圍繞著「我」如何在恐情離開後，重建自己的人生。這本詩集主要探討現代情感流動快速不留情面，愛的自由反而困住了自己，情人間身體界線究竟在哪裡？現代我們的關係如此消極——愛為什麼變得這麼困難？為什麼我們沒有在應該要離開的時候，就離開呢？

《我喜歡我自己》這本詩集的「我」有時候他像惡魔，有時候他像惡魔的祭品，有時候他會說著恐怖情人對自己所說過的話，有時候他會自己對自己說出那些美好的謊。這本詩集必須呈現出這種關係內的暴力、破壞、慾望、情感之間的交纏，以及離開這關係後如何重建自我的過程。它必須盡可能與我個人的感受是貼和的，因為這本詩集的主要題材非常貼近我的經驗。

製作這本詩集的過程根本地獄（我確實早該想到這個結果）。不斷回想起過去發生在我身上的事情，原先是想以嘲諷調侃自己的心態來書寫，畢竟我認為我早就解決了當初的傷口，卻在血淋淋的記憶攤開時，才驚覺那些痛苦的記憶並沒有我想像中那麼大幅度減弱。我的身體還是記得那些感覺——打火機打開的聲音，啤酒瓶蓋彈開的聲音，拉開皮帶的聲音，喊著我名字說我回來了的聲音。有很多經驗我都以為已經不見了，以為我已經足夠堅強，但這本詩集像是降靈一般，把過去的幽靈全都喚了回來找我。我想起了當聽到門鎖打開的聲音，我咬緊牙齒盡量不讓眼皮顫抖以免被發現還沒睡著的恐懼，也想到了曾經有過一些時刻，我什麼都不想要，只想從頂樓跳下去，並不是因為我想死，我完全不想死請不要搞錯，很簡單地只是因為死亡是離對方最遠的距離。

在脫離了那些關係後，我害怕的事情更多了。我害怕肢體接觸，害怕交際，害怕出門，害怕半夜的電話和訊息，害怕看電子信箱，害怕登入網路社群，害怕每一則自己在別人貼文底下的留言，害怕自己公開的任何言論（就算只是我今天午餐吃了雞排）。我害怕透露自己的喜好，只擔心會不會又有一天，要被有心人拿來作為操控我的繩索。

事實上，2021 年我製作《恐懼先生》增訂版後，我就開始收集這本詩集的資料準備出書了。但在整理、重新檢視的過程中，那些我以為已經離開的記憶回到了我的體內，讓我頓時失去任何創作慾望。有將近半年我沒有辦法繼續創作，已經印製出版的《恐懼先生》增訂版是我的救命符，除此之外我每天都只是躺在廚房地板上，懷疑這一切，甚至有真的想過開一下火什麼就都沒有了。

但我仍舊相信傷害的記憶是會一點一點減弱的——隨著我每一次檢視，每一次回想，他們對我的掌控力就愈弱。我一點點開始，多回一點訊息，多回一點信，真的很害怕就什麼都不要做。但不斷地，我一點一點緩慢地復健，緩慢地讓我重新從只有骨頭的樣子，長出了肉，看起來至少比較像個人了。這過程一點都不容易，教科書也沒有告訴我們「如何從很糟糕的親密關係中生還，重新找回自己的人生」。至今我還是猶豫這本詩集這樣說出來，是不是一個錯誤。但就算錯，也要是我自己做錯的事情，我不想讓別人對我犯下的錯，變成我自己的過。我不能活在由別人製造的錯誤洞穴裡頭。

一起製作書籍的朋友問我，如果現在的我，能夠和當初那個才剛脫離恐怖親密關係的自己，說些什麼，我會怎麼說怎麼做？原本是答不出來的，但在前幾個月製作這本詩集的時候，有些想法就這樣浮現。我有時候會相信我製作詩集，就像是製造一道門，讓原本在沒有門的房間的我，好像能找到離開的可能。

我想我會說，我知道你現在不會相信我——事情確實就是那麼糟。你感覺那是愛，或許那是，但他們對你不好。我知道你懷疑自己是不是真的做錯什麼，才會讓他們憤怒，被他們懲罰。我知道你在很不好的時刻，你會覺得自己怎麼可以這麼笨，你只想要全世界取消。天啊你真的不會相信我，但拜託你要相信我。你是被愛的。你沒有錯。我知道你擔心一哭，悲傷就不可能停下了，但你真的就哭吧。你就哭吧，就算你把這裡都哭成湖了，我還是會在這裡，我會和你一起游泳，和你一起感冒，和你一起游過這座痛苦的湖泊。

我說。我會說，你只要比昨天，更想要存在一點點，就好了。改變成什麼樣子，要不要好轉，要不要變成更符合規格的人，是不是要決定努力忘記那些人類對你的傷害，都不是重點。你只要有比昨天更加存在就好了。

喜歡自己是一項好漫長的鬥爭，自己和外面對自己的評論吵，自己和自己的惡魔鬥，無法停止，時刻質疑自我，對每一件事情都打上問號。這樣的生活多麼困難，活在不確定性中，不知道究竟能不能變好，懷疑自己應該不應該變壞，被咬了好像也變成怪物啊但要忍住不能變成怪物不能變成惡魔但為什麼我們不能復仇？總感覺是被困在一個沒有門的房間。但就一塊一塊，把門敲出來吧。這就像是刷牙、洗臉、吃飯一樣，你只能一步一步做，每一天做，每一天做，有一天就會變得比較輕鬆。

你只要每天，比昨天更加存在就好了。

我只要每天，比昨天更加存在就好了。

2022/08/30

□ 後記二：我每天都在等待天上掉下一顆石頭把我毀掉

這本詩集是我的情感復健。

一直很拒絕把我個人的實際經驗與作品混為一談。我對個人經驗始終沉默，原因是我認為閱讀過程中，過度期待作者出來跟你解釋什麼，或者透過作者的解釋深化自己的理解，都很危險——我害怕讀者太相信我，我更怕讀者不相信我。大家看見的「潘柏霖」，其實就是文本化的我，那和我本人不同，而從前我是透過這種安全距離，讓創作的我和生活的我共存。只不過生活已經不再那麼簡單，我的創作思考也隨著我的生活愈來愈複雜，我無法再那樣乾淨劃分開來。這當然也不代表作為個人的我和文本化的我就是一樣的，這只是代表了：我更願意去讓創作和我的生活結合，去看看這樣能把我帶去哪裡。

我經驗過幾次親密關係的傷害，在這裡傷害指的是涉及跟蹤我的生活路徑、守候我住宅附近、通訊軟體、手機、電子信件、雲端硬碟資料、公開或私人社群媒體的各種訊息傳遞，寄送實體物件到我地址，網路匿名散播不實謠言抹黑等行徑。這些行為，目的多半是要求重新聯絡、約會或者繼續交際，而這很嚴重影響了我使用網路社群的方式。

我現在二十九歲。我遇過至少三次比較激烈的這種行為，其中有次是在我十七歲，對方大我近兩輪。關係結束後的糾纏，使得我常常覺得天上會不會突然掉下石頭把我砸死。我無法預設對方會做什麼行為，會出現在哪裡，我的人生掌控權已經被對方偷走了，而我的想像力在這裡反而成為毀滅我的燃料。現在有恐怖情人、情緒勒索、煤油燈、自戀人格等詞彙可以形容指引這種狀況，但在我十七歲時，這些詞我根本還未發現。我用盡了中文的詞彙也無法把對方對我的傷害從我體內喊出來——久而久之，我懷疑那一切都是我的錯。

我要怎麼和我身邊的人，解釋這種事情？我好像有點喜歡一個年紀稍長對象，而他要求我做一些事情，我那麼不願意做，但他說這是情侶都會做的，難道我不愛他嗎？但我愛他嗎？還是我只是想要被人擁抱？這些怎麼說出口。多麼容易讓人以為都是自己的錯。

在我 2015 年誤用本名寫詩後，慢慢獲得了一些知名度，而開始有了些非戀情關係的騷擾。曾經半夜接到電話喘息聲，門鈴按整夜不停，寄送死掉的動物或我的照片。開無數分身帳號在網路上想滲透我的生活。有人特地出現在我會出現的場合，聯繫我的朋友希望我能夠和他對話。

不是你的錯，每個人一開始都這樣說。但怎麼會不是？我就是感覺是我讓自己遭遇到這些的。我一開始不知道的是，大多數恐情或騷擾者不懂得調節控制自己的情緒，他們就只會要求你來做任何符合他們慾望的事情。他們有很多方式能夠困住你，讓你覺得你不能離開這個關係，讓你覺得自己必須與他們保持聯繫，讓你覺得除了他們之外沒有人會更愛你，讓你害怕離開之後，會有石頭從天上砸下來把你壓扁，讓你忘記石頭就是他們自己丟到你頭上的。

我幾乎沒有公開提過這些過往，也完全不認為這些經驗主宰了我多數的創作。任何個人經驗只要涉入文學創作，對我來說都必須嚴陣以待。我必須轉化得夠精確複雜，避免只是把原本的經驗敘述出來。創作可以讓我透過較為安全的距離來觀看反省我的經驗，藉此消滅那些記憶對我的毀滅力道。

但現在我還是說了，冒著個人經驗被視作文本分析元素過度詮釋的風險——

作為一個（屢次）恐情騷擾受害者，至今仍收到各種折磨，我知道這種隨時都在等著石頭從天上砸下來的感受。不會因為你活下來了，受過的折磨就自動都不算數。有些小小的事件，或許一個陌生人稍微不禮貌的留言，一個來自不熟朋友的黃腔，一個未署名的包裹，又一次響起的電子郵件通知訊息，都可能讓我們害怕到尖叫。在旁觀者眼中或許我們就像是尖叫雞，但我想那是因為我們的情緒早已負債，在「我們」眼中，看見的不是一則留言一個黃腔一個未署名包裹，我們看見的是兩個五個恐怖情人，十個一百個網路匿名分身馬甲開不停的騷擾對象。我們所能受傷的基本額度已經超標了，現在只要風一吹，我就幾乎爆炸。

但我還是必須重新提醒自己，我已經活下來了。

至少現在還沒死。雖然依舊害怕那顆石頭就這樣掉下來——我還是在這裡。我不要讓任何人決定我應該是怎麼樣的人，我自己決定我要什麼東西，我不要什麼東西，我想要在最後成為什麼樣的人——我有權力決定自己的生活。

如果有任何人看到這裡——深受其害的人類們，我只是想說，當你覺得不要了，當你覺得太負荷了，當你覺得真的太累了，你不能繼續為一個人燃燒了的時候，你是可以走的。路途很可能會很艱難恐怖，但你要記得，你是有權力可以走的，不要讓他們以為可以奪走你的自由。

被他們傷害，不是你的錯。

不要忘記，你是可以自由的。

□ 後記三：邏輯無法讓你不悲傷，你才可以

我有時候覺得自己大多數的寫作是為了不要感受痛苦。

有個不精準的小嘗試。當你快樂你會馬上寫下來嗎？還是你會至少多一點時間，沉浸在那個快樂裡頭？當你在海裡，太陽炙熱，你感覺到冰涼的海水拍來，你喜歡的人就在前面回頭看你，對你露出微笑，那是你們第一次去看海。你會想要馬上寫下來嗎？還是你會想要多感受一些。

但如果那個人不愛你呢——如果你知道那個人，就是不愛你呢？你在當下看到那個畫面時，你看到他回頭過來了，你會想沉浸在那個感受裡嗎？還是你體內有那麼多螞蟻在爬，你想把牠們全趕出來，你想在社群網站上面寫個意義不明的短文，你想馬上記錄下這個感受。你想記錄下來，你想代謝掉，你想要用文字，來理解你的感受，來阻止這種體內的崩壞繼續發生。文字是哭不出來的時候在用的，文字是眼淚。

為什麼寫看起來悲傷的東西——不是因為這就是悲傷，我認為這是一種抵抗。試圖去理解自己的那些痛苦體驗，透過創作轉化那些體驗，讓文字替自己哭，而自己的眼淚才有可能停下來。這是為了要讓自己不要繼續感受那樣強烈的痛苦，當下的痛苦永遠需要你不斷回憶，才能減弱它的力道。回憶是感受的削刀，你愈回憶，你就削掉愈多，它對你的傷害就愈小。回顧創傷，梳理並且寫下來，這並不是一種沉溺悲傷，泛感傷書寫。這是直面悲傷。是直面生活中所有的苦痛，並且試圖用創作對它們說：這裡你不能通過。

當想法化成文字，幾乎是最末端的邏輯化結果了，已經不是感受。作為創作者，以文字創作為主的創作者，是很難說自己正在感受自己文字的。不論你是寫什

麼（詩、散文、小說）——在創作過程中你很難去「感受」你的文字，比較多的幾乎都會是你在「理解」自己為什麼當初會有那樣的感受。你在翻譯自己的經驗變成創作，至少就作者而言。對讀者來說，當然文字作品就是要讓他們感受什麼的。

我覺得大多數作品之所以讀者看起來會多數都是比較悲傷，不見得代表作者本人正處在痛苦裡頭，我一直都認為那是對創作的誤解。我認為比較有可能的是，創作（文字）就是邏輯化思考的結果，創作的過程很接近去更認識一件事情，更認識一種想法——更認識自己，如果真要那麼俗爛地講。太深刻的認識本身就是荒涼的，就算是快樂的事情，也像是在乾燥的土地上開出的唯一一朵花，當然花很美，但乾裂的土地還是荒蕪。

這裡已經岔題，且有太過專斷的風險，對於解讀這本詩集也沒有幫助。以兩個小點，作為讀詩課堂總結——首先是，寫作是為了不讓自己感受痛苦，精確地說，創作是邏輯化的過程，你是在邏輯化你的痛苦，讓你自己更好消化理解所發生在你身上的災難。這不是感受痛苦，這其實就是不要感受痛苦。第二點，即便書寫出來的作品是悲傷的，不代表創作者本身就是悲傷的，有很多時候，至少我樂觀希望，是創作者成功讓悲傷繞道而行，而自己就此通過。

問題一：「邏輯化」的定義是？「文字」為什麼是邏輯化後的產物？
問題二：為什麼人類需要邏輯化痛苦的經驗，但不用邏輯化快樂的經驗？
問題三：為什麼邏輯無法讓你不悲傷？
問題四：你的創作是為了不要感受痛苦嗎？

2022/08/30

我是拒絕你不是拒絕愛情

你說愛是這個世界
能給予一無所有之人
最豐盛的禮物
一開始我沒有懷疑
你怎麼肯定
我缺的是你

你說愛是為了我
可以和我一起變成惡魔
一起打倒英雄
但你沒有問我
我有沒有
想成為惡魔

你說我跟你就是我們
我們是一個個體
我試著抗議
但我的所有辯論
都被我們吃進去

原本我只是想要
我是我你是你
一起牽手走路吃東西
討論一些理論
參與一些生活
偶爾鑽進彼此的縫隙

好久了我們沒有我
只有你
我們的愛是你吃光了
我所有糖果
還說我沒有買齊

我看這個世界
不能只透過你的眼睛
你喜歡的東西
我不可能全數在意
我要做我喜歡的自己
從今天開始
不再被你傷心

我喜歡我自己

作者	潘柏霖 without.groan@gmail.com
出版	潘柏霖 251 淡水崁頂郵局第 13 號信箱
裝幀設計	潘柏霖、鹿鹿
印刷	良機印刷
總經銷	紅螞蟻圖書有限公司
地址	台北市內湖區舊宗路二段 121 巷 19 號
電話	02-2795-3656
傳真	02-2795-4100
ISBN	978-626-01-0509-9
初版	2022 年 12 月
定價	NT$777

國家圖書館出版品預行編目 (CIP) 資料

我喜歡我自己 / 潘柏霖作 . -- 初版 . -- 新北市淡水區 : 潘柏霖出版 ;
臺北市 : 紅螞蟻圖書有限公司發行 ,2022.12
144 面 ;14.8×21 公分

ISBN 978-626-01-0509-9(精裝)
863.51　　111014418